가막살 나무

류 중 권 시집

맑은샘

목차

1부 **산** 꽃을 품다

2부 산 향香을 품다

3부 산 사랑을 품다

산

꽃을 품다

가막살나무

모두에게
이름마저 낯선
그저 그런 검은 나무지만

쭉쭉 뻗어봐야
참나무 오리나무 허리에 겨우 닿는
그저 그런 작은 나무지만

장미의 짜릿한 향도 없고
아카시아의 달콤한 향도 없어
나비도 벌도 오지 않는
그저 그런 슬픈 나무지만

검은 몸 가득 고운 마음
긴 가지 끝에
하얀 꽃송이로 핀다

_ 아동문예 문학상 수상작

생강나무

캄캄한 밤
초롱초롱 반짝이던 아기별들이
새벽녘 숲으로 내려와
연초록 가지 가득 올망졸망
재잘대다

아침 햇살에 화들짝 놀라
동그란 눈으로
귀여운 소란을 떠는
앙증맞은 별 아기들의
샛노란 웃음

_ 아동문예 문학상 수상작

현호색

얼음물 녹인 햇살이
잠시 머물다 간 자리
봄 하늘빛 닮아 피는 작은 꽃

햇살이 손 담그고 간
작은 돌 틈 사이 물소리에
엷은 웃음 살짝
여린 얼굴

커야 하고
높아야 하고
탐스러워야 하는 대신
한 줄기 햇살로 작게
그냥 피는 꽃

가막살 나무

다래 덩굴이 참나무를 잔뜩 휘감은 채

숲의 왕자를 꿈꾸는

바로 그 아래 작은 풀 섶

겨울의 끝자락에서

소리 없이 몰래

한 줌 햇살로 피는 꿈

_ 아동문예 문학상 수상작

명자나무꽃

명자야~
다정히 불러도
그 고운 이름 지 혼자 촌스럽다며
행여
누가 들을까
잎 새 뒤
꼭 꼭
숨는
꽃

명자야~

웃으며 불러도

그 예쁜 얼굴 지 혼자 창피하다며

행여

누가 볼세라

더

꼭 꼭

숨는

꽃

그래도

겨울의 끝자락에 서서

먼

그리움으로

명자야~

조용히 부르면

수줍게 웃으며

새봄 햇살 보듬고

맨

먼저

달려오는

사랑스런

꽃

가막살 나무

개나리

산마루에 내린
봄 햇살
산비탈 타고 내려와

산자락 끝
여울에
까르르

샛노란 웃음으로
쏟아져 내린다

진달래

이른 봄
마른 나무 숲에서
커다란 꽃망울을 터뜨리며
외롭게 피는 꽃

속살이 들여다보일 만큼이나 여린 꽃잎
파르르 떨며
서럽게 피는 꽃

이승에서 다 못한 사랑
차마 훨훨 떨치고 가지 못한 영혼들의 아쉬움이
가지 끝에 매달려
슬피 울며 피는 꽃

가막살 나무

긴 목 더 길게 빼고
산 아래 무엇을 그리 애처롭게 찾는 걸까
꽃샘바람 속 멀리
먼 그리움으로 피는 꽃

네게서
슬픔을 담아온 바람이
참나무 마른 가지 사이를 지나며 운다

분홍빛 여린 꽃송이들 마다
가슴 저미는 아픔이 가득하다

목련

눈 덮인 들판에서
바람이 날라 온 하얀 눈으로
지난겨울
그렇게 마음을 씻었다

눈 덮인 골짜기의 얼음 사이에서
바람이 날라 온 시린 눈으로
지난겨울
그렇게 얼굴도 하얗게 닦았다

가막살 나무

눈 덮인 산
잎도 열매도 다 떨구어버린 참나무 숲에서
바람이 날라 온 맑은 노래로
지난겨울
그렇게 마음도 하얗게 비웠다

하얀 목련

할미꽃

굵고 긴 뿌리 땅속 깊이 내려 얻은 지혜로
두꺼운 꽃잎에 그려낸
주홍색
그 담담함의 빛깔

숱한 인연의 조각들이 빚어낸
눈물과 웃음
샛노란
그 초연함의 빛깔

가막살 나무

흐느적거리는 오후
아지랑이의 흔들거림처럼
모두가 봄볕에 취해 비틀대도
못 본 척
고개 숙여 깊은 생각에 잠기는
담홍색
그 침묵의 빛깔

개암나무꽃

마른 저수지를 넘어온
겨울 끝 바람이 아직 차다

나무들의 꽃망울이
아직 채 오지 않은 봄을 기다리며
파르르 떠는 겨울가지 끝에서

넌
그냥
말없이 가슴을 연다

찔레나무 마른 가지 사이를
용케도 뚫고 지나는 작은 굴뚝새들마저
꽃이라 부르지 않고
그냥
지나는 꽃

가막살 나무

꽃 한 송이 없는 겨울 끝자락 숲에서
벌도 나비도 없이
넌
그냥
홀로 담담히 핀다

수선화

맑은 샘물 속에 떠오르는 아름다운 얼굴
난 목마름도 잊은 채
너를 내려다보았어

가슴에 사랑의 불길이 타 올랐어
네게 입맞춤하려고 샘에 얼굴을 가까이 했지
가슴이 두근거렸어
심장이 박동치는 소리에 온 숲의 요정들이 놀라 달려왔지

둘의 입술이 살짝 닿는 순간
작은 물결이 일어 얼굴이 흔들렸지
네 모습이 사라졌어
난 너무 놀라 고개를 들었지

가막살 나무

잔잔해진 물속에 네가 다시 보였어
두 팔을 뻗었지
너도 물속에서 나를 향해 두 팔을 뻗었어
두 손이 닿기가 무섭게 다시 물결이 일었지
또다시 네가 사라졌어

내 눈에서 눈물이 물 위로 뚝뚝 떨어졌어
또 물결이 일었지
난 네가 사라질까 가슴을 조였어

난
낮이고 밤이고
샘가를 떠날 수 없었어
보면 볼수록 네가 너무 아름다웠어
입맞춤할 수 없어도
손잡을 수 없어도
그냥 바라볼 수 있음만으로 행복했어

내 몸은 점점 말라져갔어
그리움 가득 보듬고
내 영혼은 그렇게 내 몸을 떠났지

내 몸이 스러진 자리
한 송이 꽃이 피었지
그리움으로 차마 샘가를 떠나지 못하고 피는 꽃
수선화

가막살 나무

산양지꽃

장을 보러 나간 엄마를
기다리는 걸까
논에 일 나간 아빠를
기다리는 걸까

종일
산새들과 소꿉놀이하다
달려와
숨이 차 헐떡이며
산을 넘는 저녁 햇살 고운 길가에
옹기종기 모여 피는 꽃

초록빛 숲 작은 길섶은
노란 기다림으로 가득하다

소리쟁이

지금
시간이 있으세요?

그럼
장맛비로 넘치는 작은 개울가에 나가 보세요
여기저기
우뚝 선 넓고 긴 소리쟁이라는 싱그러운 풀을 만날 거예요

넓은 잎새 사이로
긴 줄기를 내고 초록빛 볼품없는 꽃을 피우는 첫여름
사람들은 그 풀꽃에게 관심을 보이지 않지요

여름이 시작되고
줄기 가득 초록빛 꽃이 열매로 바뀌어 가도
사람들은 관심을 보이지 않아요

개울가에는 사람들이 많이 지나다녀요
싱그러운 웃음을 가진 아이들이 지나가기도 하고
집 나간 아이를 기다리며
눈물짓는 엄마가 서 있다 가기도 하고
개울가에 앉아 별을 노래하던
젊은 연인들이 앉았다 가기도 하고

소리쟁이 넓은 잎새 아래로 흐르는 그늘진 물속에는
버들붕어들이 납자루들과 함께 살지요
물방개
장구애비
게아재비
모두 함께 살아요

소리쟁이 넓은 잎새와 튼튼한 줄기에는
잠자리도
나비도
호박벌도
풍뎅이도 머물다 가요

여름이 한가운데로 들어서고
소나기구름을 타고 온 바람이 소리쟁이 가지를 흔들면
초록빛 다이아몬드 모양의 소리쟁이 열매들은
서로 이야기를 시작해요

사람들 살아가는 세상 이야기
버들붕어들이 들려준 물속 세계의 신비한 이야기
잠자리가 보고 온 아름다운 하늘나라 이야기

가막살 나무

지금

시간이 있으세요?

장맛비로 넘치는 작은 개울가에 나가 보세요

여기저기

우뚝 선 넓고 긴 소리쟁이라는 싱그러운 풀을 만날 거예요

귀를 기울이고 소리쟁이의 이야기를 들어보세요

소리쟁이들의 아름다운 초록빛 이야기들을

산벚꽃

제주도의 벚꽃이
진해를 수놓았던 벚꽃이
여의도에 가득했던 벚꽃이
사라집니다

제주도에 모여들었던 많은 사람들이
진해 시가지를 가득 메웠던 사람들이
여의도를 꽉 채웠던 사람들이
사라집니다

거리는 다시 고요해집니다
광장도 다시 고요해집니다

사람들이 떠나고
환호성도 사라지고
이제는 적막해진 거리

가막살 나무

왕벚나무 꽃들이 잠시
사람들의 환호성에 마냥 행복해하는 사이
숲은 연초록이 됩니다

고요가 가득한 숲 속
산벚꽃이 피기 시작합니다
소나무 진한 푸름 사이에서도
참나무 연한 푸름 사이에서도
꽃구름이 되어 핍니다
커다란 뭉게구름처럼
피어오릅니다

사람들도 없고
환호성도 들리지 않지만
산벚꽃은 행복합니다

소나무랑

참나무랑

오리나무랑

가랑잎을 헤치고 이제 막 나온 은방울꽃이랑

한여름 샛노란 꿈을 키우는 원추리 싹이랑

줄기 끝에 겨우 한 송이 아주 작은 꽃을 피운 아기 나리랑

작달막한 키로 보랏빛 꽃을 피운 아기붓꽃이랑

모두가 함께 만든 행복입니다

그 사이로

휘파람새가

할미새가

꽃다지에서 날아온 노랑나비가

참나무 숲에서 날아온 호박벌이

행복해합니다

가막살 나무

별들이
하얀 산벚꽃이 가득한 가지에 내려앉고
하얀 안개도 산벚꽃 사이를
차마 그냥 지나지 못해 서성입니다

비가 내립니다
하얀 구름이 산 중턱까지 내려와
하얀 꽃송이를 감싸 안아 줍니다
산벚꽃은 그냥 행복합니다

각시붓꽃

난 알지
넌 갈대가 우거진
호숫가 잔잔한 물가에
창포랑 부들이랑 자운영이랑 그렇게 피며 살았지

호수를 걷던 사람들이
네 고운 빛깔에
그만
마음이 끌려
사람들이 사는 마을로 옮겨가곤 했지

가막살 나무

난 알지

넌

잔잔한 호수가

그리고

갈대숲의 노래가

굵다란 뿌리 물속에 길게 늘어뜨린 채

노란 꽃을 화들짝 피우는 창포가 무척이나 보고 싶었지

사람들이 웅성거리는 광장 분수대

사람들이 만져주고

입술을 가져와도

넌 호수가 마냥 그리웠지

난 알지

호수의 달빛이

자운영꽃들의 수다가

돼지풀의 웅성거림이

창포의 노란 웃음이

검은 물잠자리가 그리는 멋진 동그라미가

못내 그리워

호수가 내려다보이는 산언덕에

보랏빛 그리움으로 핀다는 걸

가막살 나무

쑥부쟁이 1

햇살 가득한 냇물을 길어
하얀 이파리를 만들고
풀벌레의 서러운 울음으로 연보랏빛 그리움을 담아
새벽녘 하얀 그믐달을 보며
흘린 눈물로 핀
슬픈 넋

쑥부쟁이 2

행여
오늘
내 님 오실까
가슴은 보랏빛으로 물들여집니다

내 작은 어깨 보듬고
햇살 가득한 내 볼에 살짝 입 맞출 내 님 생각으로 벅차
보랏빛 가슴을 두근거립니다

고요한 냇물에 내려앉은 하얀 달님 바라보며
달빛처럼 고울 내 님 얼굴 생각으로
밤새 행복하고

물속에 빠져드는 초롱초롱 별님들 바라보며
별빛처럼 반짝일 내 님 까만 눈망울 생각하며
밤새 행복하고

가막살 나무

풀숲에 우는 귀뚜리 울음소리 귀 기울이며
가을 풀벌레들 소리처럼 청아할 내 님 목소리 생각하며
밤새 행복합니다

외로움은 그리움을 만들고
그리움은 기다림을 만들고
기다림은 행복을 만듭니다

어느덧 가슴은
그리움을 닮은 연한 보랏빛으로 물들기 시작합니다
연한 보랏빛 그리움으로 긴 냇둑 가득
내 님을 향한 보랏빛 길을 만듭니다
그래서입니다
아무도 없는 산자락 긴 냇둑을 따라
쑥부쟁이가 연한 보랏빛으로
애잔한 그리움을 한가득 쏟아내는 까닭은

은방울꽃

사르르르
은방울꽃 핀다

차르르르
방울 소리 들린다
숲의 요정들이 흔드는 하얀 방울 소리

까르르르
웃음소리 들린다
춤추는 요정들의 하얀 웃음소리

쪼르르르
다람쥐 달려온다
산토끼 달려온다

가막살 나무

포르르르

휘파람새 날아온다

솔숲의 바람까지

민들레 하얀 꿈으로 날고 싶다

하얗게 눈 덮인 들판에서
꽃은 별을 그리워했다
하지만
그 별은
꽃에게서 너무 멀었다

뿌리를 붙들어 맨 얼음 가득한 땅은
너무 추웠다
그리움을 보듬고
밤마다
꽃은 별을 보았다

가막살 나무

눈 내리는 겨울밤
별이 나타나지 않아도
밤을 꼬박 새우며 생각했다
언젠가는
분명
그 별까지
꼭 날아오를 거라고

그 별의 길섶에 내려앉아 까르르 웃으며
샛노란 기쁨의 꽃을 피울 거라고
그 별의 냇둑에 내려앉아 노래를 부르며
샛노란 환희의 꽃을 피울 거라고

별이 보이지 않는 밤에도
별까지 날아가고픈 꽃의 큰 그리움은
가슴에 별이 되어 반짝였다

봄이 왔을까?
가슴이 이렇게 두근거리는 까닭은
눈이 부셨다
햇살이 보내는 금빛 웃음에
온 들판의 꽃들이
넋을 잃었다

하지만
꽃의 가슴엔 그 별 뿐이었다
온몸 가득 햇살이 쏟아져 내렸지만
별을 향한 그리움으로
꽃은 눈을 감았다

　　　　　　　　　　가막살 나무

모두들
어딘가로
떠나지 못해 안달을 했다

초록빛 들판에서 숨바꼭질하던
나방들이며
하루살이며
강도래까지
무언가를 쫓아 날아갔다
그제도 그렇게들 떠났고
어제도 그렇게들 떠났다

떡버들강아지며
괴불나무꽃이며
샛노란 복수초까지
산자락의 많은 꽃들이 떠났다

모두가 숲을 떠난 날
꽃은 하늘을 보았다
은하수를 따라 흐르는
하얀 별의 반짝임을 보며
꽃의 가슴은 먼 그리움으로 아팠다

그래
저곳 너무 높고
이곳 너무 낮아
어쩌면
저곳 까지 갈 수 없을지도 모르겠다
별을 향한 먼 그리움으로
꽃은 마음이 아팠다

장대비로 쏟아져 내리던 소낙비가 그친 날 오후
파란 하늘에서 햇살이 쏟아져 내렸다

가막살 나무

웬일일까

몸이 이렇게 가벼워지는 까닭은

꽃은

마치

새털구름이라도 된 듯

바람을 타고 높이 높이 하늘을 날고 있었다

하얗게 맑아진 꽃의 가슴 속에서

꿈에도 그리던 별이

조용히 웃고 있었다

꽃은 날고 있었다

하얀 홀씨가 되어

높이 높이 구름 위를 날아오르고 있었다

어쩌면

멀리

저 별에게까지 날아갈 수 있겠다

꽃의 가슴은 환희로 넘쳤다

별까지

아직 멀지만

꽃의 마음은 이미 그 별에 내려앉아

길섶이며 냇둑에

한가득

샛노란 기쁨의 꽃으로 피고 있었다

　　　　　　　가막살 나무

아카시아꽃숲에서

오후 내내 비가 내린 날 밤은
정말 환한 보름달이 뜰 거야

밤새
달빛은 하얀 서리처럼 부서져 내리고
작은 이슬이
초록빛 잎새에 하얀 구슬을 만들 거야

아카시아 하얀 꽃이
소나무랑 상수리나무 사이에서
부서져 내린 하얀 달빛 조각을 받아
하얀 송이를 한꺼번에 터뜨리면
오소리 남매, 청설모 형제, 작은 들쥐 부부들
아카시아 하얀 꽃 향 속에서
모두가 예쁜 잠으로 빠져들 거야

밤이
그렇게 깊어 가면
산허리를 보듬은 뽀얀 밤안개는
하얀 달빛을 따라
하늘에까지 닿을 거야

밤새
혼자서 그리움을 토해내는 소쩍새 울음이 있어서
고요는 더욱 깊어질 거야

그렇게
하얀 송이 송이를 엮은 아카시아 꽃구름 다리는
달빛 조각으로 수 놓여진
하얀 안갯길을 따라
하늘에까지 닿을 거야

가막살 나무

하얀 안개 방울 하나하나 마다
하얀 아카시아 향이 가득 할 거야
하얀 안개 방울이 터질세라
하얀 달빛 조각이 깨질세라
계곡의 물소리도 숨을 죽일 거야

숲의 친구들은 꿈을 꿀 거야
오소리 남매, 청설모 형제, 작은 들쥐 부부들
아카시아 나무에 올라
하얀 안갯길을 걸을 거야
아카시아 하얀 향을 따라
달빛 조각이 반짝이는 길을 걸어 갈 거야
하늘까지 길게 이어지는 하얀 길을 걸어 갈 거야

찔레

아카시아 하얀 꽃이 산허리를 휘감아 돌며
온 산 가득하던 날
숲 속으로 난 작은 길에서 멀리
그렇게 핀다

산자락
떡갈나무조차 피해 가는 자리에
몸을 낮추고
그렇게 핀다

숲 속을 돌아 나온 바람이 들려주는
이야기를 들으며
하얀 그리움으로
그렇게 핀다

가막살 나무

지난겨울
가시덤불 속에 둥지를 틀었던 굴뚝새가
훌쩍 떠나버린 빈 가슴에
하얀 기다림으로
그렇게 핀다

아카시아 하얀 꽃이 산허리를 휘감아 돌며
온 산 가득하던 날
숲 속으로 난 작은 길에서 멀리
그렇게 핀다

산목련

내게 오는
네
하얀 발소리 조금만으로도 많이 행복해
그것들 하나하나
북이 되어
내
가슴을 쿵쿵 뛰게 하거든

나를 보는
네
하얀 눈빛 조금만으로도 행복해
그것들 하나하나
꽃이 되어
내
가슴에 오색 꽃밭을 만들거든

가막살 나무

내게 닿는
네 하얀 향기 조금만으로도 행복해
그것들 하나하나
햇살이 되어
내
가슴에 꿈으로 반짝이거든

나를 향한
네
하얀 보고픔 조금만으로도 행복해
그것들 하나하나
내
가슴 가득 해밀처럼 시린 그리움으로
내
시를 만들거든

영지버섯

영지버섯은
나뭇잎에서 떨어지는 이슬들을 마시며
조금씩 조금씩
자랍니다

다른 버섯들이
새벽 일찍 화들짝 피었다가
더위에 지쳐
채 하루를 못 넘기고
금세
스러져가는 여름 숲에서
햇살도 줍고
달빛도 주우며
천천히 천천히
자랍니다

바람이 실어오는 솔향기를 맡으며
잠깐 멈추어 쉬기도 하고
낙엽 위를 나는 하늘다람쥐의 바스락거림에
잠깐 귀를 기울이기도 하고
새들이 전해주는 아랫마을 사람들의 이야기를 듣느라
긴 여름밤을 꼬박 새우기도 하고
계곡의 물소리에 발장단을 맞추며
종일 노래를 부르기도 하고

숲의 싱그러움을 보듬으며
조용히 조용히
약으로 자랍니다

그래 난 중대가리 풀이다

난 살아 있으면 된다
맑은 물이 아니라도 좋다
흙탕물이 넘치는 도랑의 작은 둑이라도 좋다

난 살아 있으면 된다
흙살 좋은 보드라운 밭이 아니라도 좋다
밟고 밟아 돌처럼 굳어진 운동장 가장자리라도 좋다

난 살아 있으면 된다
민들레가 받는 사랑이 내게는 없어도 좋다
눈이 부시도록 하얀 때죽나무꽃에게 쏟아지는
환호가 내게는 없어도 좋다

가막살 나무

난 살아 있으면 된다
하얀 씨앗 가득 품에 안고 행복에 겨운
지칭개의 기쁨이 내게는 없어도 좋다
굵은 씨앗 어루만지며 흐뭇해하는
원추리의 기쁨이 내게는 없어도 좋다

난 살아 있으면 된다
쓰다듬는 손길 대신 개구쟁이들의 발에 짓이겨져도 좋다

난 살아 있으면 된다
어젯밤 도둑질하고 돌아오던 들쥐 떼들이 나를 밟고
내 얼굴에 오줌을 싸며 낄낄거렸다
"야 이것도 풀이냐 킥킥"
그래
그래도 좋다

난 살아있으면 된다
눈부신 햇살을 볼 수 있고
해맑은 달빛 조각을 주울 수 있고
초롱초롱 별들의 노래도 들을 수 있고

포근한 어둠의 품에서 깊은 잠을 잘 수도 있고
소쩍새의 울음도 들을 수 있고
가슴 저미는 풀벌레들의 슬픈 노래도 들을 수 있고
초록빛 가득한 개구리들의 합창도 들을 수 있다
난 살아있음이 행복하다

가막살 나무

장맛비로
영혼을 씻어
난 더욱 푸르러진다
민들레 꽃잎이 시들해지고
뽀리뱅이, 소리쟁이가 말라져 가도
초록빛 내 영혼은 더 푸르러진다

햇살 한 줌만 있어도
달빛 한 조각만 있어도
별빛 한 움큼만 있어도
소낙비 몇 방울만 있어도
초록빛 내 영혼은 푸르러진다

난 살아 있으면 된다
내 초록빛 가득한 영혼에는
해님이 주고 가신 금빛 햇살이 가득하고
달님이 주고 가신 은빛 달빛 조각들이 가득하고
별님이 주고 가신 옥빛 초롱 구슬들이 가득하고

소쩍새 울음
풀벌레들의 노래
개구리들의 합창이 가득하다

난 살아 있으면 된다
예쁜 꽃이 없어도
탐스러운 열매가 없어도
향긋한 내음이 없어도
살아있음이 행복하다

가막살 나무

난 살아 있으면 된다

보드라운 내 초록빛 줄기로

메마른 땅 가득 채워

나를 밟고

노란 민들레가 샛노란 예쁜 꽃을 피우면 행복하고

나를 밟고

분홍빛 지칭개가 기지개를 켜도 행복하고

나를 밟고

소리쟁이가 그 넓은 잎을 키워가도 행복하다

나 때문에
그들이 더 아름다워지고
그들이 더 사랑을 받고
그들이 더 행복해한다면
난
마냥
이렇게
바닥을 기어도 좋다
밟혀 짓이겨져도 좋다
들쥐들의 화장실이 되어도 좋다

난 살아만 있으면 된다
난 살아 있음이 행복하다

가막살 나무

원추리

봄꽃들의 세상에서
난
그냥 풀이었다

내
여린 순
나물이 되어
싹둑 잘리기도 하고
꽃들을 찾는 사람들의 발에 밟히기도 했다

비 한 방울 없이 가물었던 여름날들은
새벽이슬로 겨우 목을 축였다
장맛비로 무너져 내리는 비탈을 움켜쥐고
죽었다 살아난 몸을
굶주린 진딧물들이 파고들었다

서러움으로
무서움으로
차마 눈을 감아버린 날들이 얼마였을까
다람쥐들이 참나무 잎새 사이로
떨어져 내린 햇살을 물어오고
고슴도치들은 하얀 달빛을 날라 왔다
바람은 숲의 향기를 보듬어오고
새들은 숲의 노래를 가져왔다

그동안의 서러운 아픔들
하나하나 지우며
긴 꽃대 뽑아 올려 망우초忘憂草로
기쁨의 꽃을 피워냈다

가막살 나무

여름 산마루 잿빛 바위 틈

달빛 가득

샛노란

원추리꽃

자귀나무 1

풀섶의
달빛 조각
여린 손으로 주워
시를 쓰고

소쩍새 아픈 울음
서러운 가슴으로 보듬어
가락을 짓고

커다란 동그라미
반딧불이 영롱한 불빛으로
화음을 넣어

서로를 꼬옥 보듬고

밤새

토독 토독

자장가를 부르는

부부

자귀나무 2

톡 톡
떨어지는
금빛 햇살 모아
여린 손 헤지도록
밤새
실을 잣고

여린 풀벌레 소리
소쩍새 아픈 울음 섞어
옷감을 짜

반딧불이의 영롱한 빛깔로
쪽물을 들여
초롱초롱 별빛으로
수를 놓은 날개옷

차마 입지 못한 채
가슴에
꼬옥 보듬고
토독 토독 빗줄기
눈물이 된다

까치수영

숲 속 그늘 계곡에 몸을 숨기며
장맛비로 씻겨 내린 계곡 언저리 아픈 상처에
하얀 모둠으로 핀다

초록빛 이끼 가득한 바윗돌과 함께
씻겨 사라진 물소리 가득 담아 핀다

여름 소낙비 속에 사라진
산새 소리 가득 보듬어 핀다

작은 돌 틈에서
초록빛 가득한 상수리나무 숲을 날고 싶은
어린 강도래 애벌레의 못다 이룬 꿈 담아 핀다

캄캄한 밤
초롱초롱 머리 위 큰 별을 보며
꼭 저기까지 날아가겠다던
개똥벌레의 영롱하게 슬픈 눈물 담아 핀다

그렇게
숲 속 그늘 계곡에 몸을 숨겨 핀다
하얀 모둠으로 핀다
살풀이 꽃으로 핀다

박주가리

참 궁금하다
숲 속의 조용한 수많은 이야기들이

찔레 덩굴 속의 굴뚝새 부부의 금슬도 궁금하고, 가슴
저미는 소쩍새의 슬픈 이야기도 궁금하고, 껍질을 찢
어내듯 악을 쓰고 울어야 하는 매미의 절규도 궁금하
고, 슬픈 바느질로 긴 밤을 꼬박 새우는 여치의 그리
움도 궁금하고

뱀풀에게 왜 악착같이 계곡을 휘감아 작은 숲을 혼
자 독차지하려는지도 묻고 싶고, 새삼덩굴에게 왜 혼
자 힘으로 살아보려 하지 않고 다른 나무의 몸을 칭칭
감고 그의 상처에 뿌리를 내리며 사는지도 묻고 싶고

아기 손처럼 꼬옥 쥐고 나뭇잎을 뚫고 나온 고사리의
주먹에는 무엇이 들어있나 알고 싶고, 돼지풀 숲 사이

에 빠끔히 얼굴을 내민 개불알풀 작은 주머니에는 무
엇이 들어있나 알고 싶고, 저렇게 키가 큰 상수리나무
의 열매는 왜 그리 작은지도 알고 싶고

나뭇잎 가득 먹잇감도 많은데 작은 부리로 딱따구리는
왜 저렇게 머리가 깨지도록 나무에 큰 구멍을 파대는지
묻고 싶고, 온몸을 온통 바늘로 감싸고 다니면서도 고
슴도치 남매는 왜 저리 지지리 겁이 많은지 묻고 싶고

참 궁금하다
숲 속의 조용한 수많은 이야기들이

여름 내내
숲을 기며
알아낸 숲 속 이야기
연초록 길쭉한 박주가리 주머니에 가득하다

솜다리꽃

달빛이 하얀 안개를 타고 초록빛 들판을 지나
산자락에 차곡차곡 쌓이고
소쩍새 서러운 울음에
까닭 모를 부아가 치민 부엉이가
나뭇가지를 박차고 산자락 안개 속으로 숨어버릴 때

달빛에 눈이 부신 청설모 남매가
상수리나무 가지 끝에서
끄덕끄덕 잠이 들고

산자락 돌돌 휘감아 도는
맑은 계곡 물속에서 가재 두 마리
달빛으로 더듬으며 까만 바위틈을 파고들 때

가막살 나무

수크령 풀숲의 반딧불이가
아리도록 애잔한 꼬리 초롱 들고
초롱초롱 별을 향해 날갯짓할 때

산허리 까만 바위에
살포시 내려앉은 하얀 별

메 꽃

난 안다
봄나물이 사라진 밭둑
내가 왜 이렇게 슬픈 꽃으로 마냥 피어있어야 하는지를

난 안다
빈 나물바구니 던져두고
내 얼굴에 코를 묻고 우는 산골 처녀의 슬픈 마음을
그렇게나 사랑했던 사람
서울 가는 기차 타고 그냥 떠나던 날
차마 눈길 한번 못 주고
눈물 뚝뚝 떨구며 나만 쓰다듬던
산골 마을 처녀의 애틋한 마음을

봄이 또 오고
또 다른 봄이 몇 번을 와도
햇살 가득 보이는 건
마을 길 가득 메운 아지랑이들에 그려지는 님의 모습
하늘 가득 채운 종달새 노래들에 들려지는 님의 음성

난 안다
봄나물이 사라진 밭둑
내가 왜 이렇게 슬픈 꽃으로 마냥 피어있어야 하는지를
돌아오는 봄에도
산골 마을 처녀가 혼자 울어야하기 때문이다

넌 뱀풀이다

그래
아마도
네게는 네가 추구하는 네 식의 삶이 있을 거야
네 아버지
아니 네 아버지의 아버지
아니 아니 네 아버지의 아버지의 아버지들로부터
대물림되어온 삶의 방식

그래
아마도
네게는 네가 추구하는 삶의 가치관도 있을 거야
그건 어쩌면
네 아버지
아니 네 아버지의 아버지
아니 아니 네 아버지의 아버지의 아버지들로부터
대물림되어온 그들의 가치관이기도 할거야

민들레
뽀리뱅이
모시풀
강아지풀
밭둑 여기저기
논둑 여기저기
냇둑 여기저기
그저 모두 한 뼘이면 되잖아

어쩌면 참 좁은 둑에
서로 보드라운 팔로 어깨동무하고
모두들 그렇게 살잖아

넌
함께 자라던 소꿉동무들
그 위로 네 억센 줄기를 뻗고
그 억센 줄기에 가시를 달고
넓적한 이파리에마저 털 가시를 달고

소꿉동무 머리 위로 쑥쑥 자라
그들의 아름다운 파란 하늘을 덮고 있지 않니?

네 거대한 가시 숲에 가려
시름시름 죽어 가는
별꽃을 보렴

네 굵은 줄기로 목이 감기고
네 날카로운 가시로 온몸이 찔려
비명을 지르며 말라져 가는
지칭개를 보렴

　　　　　　　가막살 나무

이제 막 꽃망울을 터뜨리려다
햇살 한 점 없는 어둠 속에서 떨고 있는
민들레를 보렴

모두가 네 소꿉친구들이란다
이른 봄
네가 아주 어렸을 적
서로 정답게 키재기하며
봄비를 기다리던
네 소꿉친구들이란다
네 어린 시절
너도 참 예쁜 아이였는데
네 어린 시절 우리는 널 애기 환삼덩굴이라고 불렀지
하지만
커가면서
넌 뱀풀이 되어버린 거야

네 날카로운 잎에는 나비도 앉을 수 없고
벌들도 가까이할 수가 없단다
네 굵은 줄기는 뾰족한 가시들로 덮여
개미마저도 다닐 수가 없게 되었단다
그래
넌 숲의 두려운 제왕이 된 거야

네 근처에는 감히 누구도 다가설 수 없지
파란 하늘도 온통 네 차지고
눈이 부신 햇살도 모두 네 차지야

가막살 나무

네 작은 왕국에는 죽음의 그림자만 가득하고
이제 너 밖에는 살지 않게 되었지
넓은 이파리 가득
혼자만 욕심껏 햇살을 채우고
뿌리 한가득 장맛비로 흠뻑 적시며
네 잎새는 이제 푸르다 못해 검어지기까지 했어

나비도
벌도
아무도 살지 않는 숲
들쥐도 멀리 돌아서 지나고
들고양이마저 피해 가는 네 검은 가시나무 숲

난 안다

이제 너는 환삼덩굴이 아니라

뱀풀이 되어버렸다는 것을

어느 사이

단단한 비늘로 무장한

뱀들만

네 품에 우글거리고 있다는 것을

난 안다

넌 뱀풀이다

뿌리뱅이

보랏빛 긴 대롱으로
그리움을 길어
조랑조랑 노란 꽃망울로 핀다

햇살만큼이나 가득한
그리움을 숨기고
아직도 콩닥콩닥 뛰는 가슴으로 핀다

작디작은 노란 송이마다
햇살 닮은 노란 그리움으로 가득하다

삐—삐—

보리피리 불다

키가 훌쩍 큰 호밀밭 끝자락에서 마주친

여자아이가 부끄러워

까만 얼굴 빨개진

산골 남자아이의

수줍은 웃음

달아난 아이의 흙발자국 보며

까르르 웃는

여자아이의 예쁜 보조개

햇살 가득한 밭둑 뽀리뱅이 숲에서는

보리피리 소리가 들린다

보랏빛 수줍음이 가득한 예쁜 사랑이 가득하다

가막살 나무

보랏빛 긴 대롱으로
그리움을 길어
조랑조랑 노란 꽃망울로 핀다

햇살만큼이나 가득한 그리움으로
콩닥콩닥 뛰는 가슴으로 핀다
노란 웃음 속에 감춘 보랏빛 그리움으로 핀다

순비기

등나무처럼 굵은 줄기로
뱀처럼 꿈틀거리며
벼랑 사이를 기며 산다

잎을 단장할 여유가 없다
소금기 가득한 바닷바람으로 항상 아프다

사철나무처럼 두꺼운 잎을
하얀 솜털로 한 꺼풀 더 싸매고
그냥 두툼하고 뭉툭하다

흔들려서는 안 된다
바람에게 배를 보여서는 안 된다
그럼 죽는다

가막살 나무

뱀처럼 똬리를 튼다

벼랑 사이를 몸통으로 꽉 채운다

그리고

벼랑 위로

작은 가지들을 길게 내민다

작은 가지마다 보랏빛 꽃을 피운다

바닷바람이 드센

벼랑 사이에서 그렇게 산다

순비기 보랏빛 가녀린 들꽃

노루발풀

혹시 노루발이라는 들꽃을 보셨나요
소나무 참나무 싱그러운 잎새 그늘 아래 그저 그냥 두
꺼운 잎으로 자라는 들꽃 노루발풀

가을이 되고 모두가 씨앗으로 남아 겨울을 보내거나
민들레나 달맞이꽃들처럼 긴 이파리들을 말려버리고
바싹 바닥에 엎드려 겨울을 견디거나 은방울꽃 둥굴
레들처럼 잎이고 줄기며 모두 버리고 빈 몸으로 땅속에
서 겨울잠을 자는데

눈이 하얗게 덮여도 꿈쩍 않고 겨울바람 속에 오뚝 서
있는 풀
여름 모습 그대로 겨울을 나며 하얀 눈에 몸을 파묻고
그냥 푸르게 사는 풀

봄이 와도 꽃을 서두르지 않은 채 겨울 모습 그냥 그대
로 천천히 새 잎을 몇 장 더 만들다가 여름이 다 되어
서야 솔잎 그늘에 숨어 긴 꽃줄기 겨우 하나 쏘옥 뽑아
올려 거기 하얀 송이들을 조랑조랑 피우는 꽃

겨울 산에 가보세요
하얀 눈 속에 파릇하게 오뚝 서 있는 노루발풀을 볼
거예요
겨울바람을 맞으며 아프지만 어미 노루발풀이 가슴을
열고 새끼 노루발풀 새싹들에게 하얀 눈을 보여주고
있어요
하얀 눈을 닮은 꽃을 피우라고요
예쁘다는 하얀 꽃들을 보고 이 꽃이 눈을 닮았으려니
하고 그냥 따라 피우지 말고 정말로 눈을 닮은 하얀 꽃
을 피우라고요

달맞이꽃 1

오늘 밤도
바다에서 몸을 씻고 올라온 달님이
향긋한 머릿결로
산허리를 휘감고
잿빛 바위에 앉아있습니다

떡갈나무 숲 나뭇잎새 작은 바위 아래
고라니 남매가 잠을 자는 얼굴을 조용히 들여다봅니다

커다란 나무
퐁 뚫린 구멍 속에는 다람쥐 형제들이
쌔근쌔근 잠이 들었습니다

가막살 나무

낮 동안 내린 비로
초록빛 진한 풀내음에 달님은 얼굴을 가져다 대봅니다
반딧불이가 긴 동그라미를 그리며
잿빛 바위를 날아다닙니다

돌돌돌
계곡의 물소리가
우~
소나무 숲에서 부는 바람소리랑 어우러집니다

달님은 눈을 감고
조용한 행복에 잠겨 듭니다

산자락 호숫가 풀숲에서
달맞이꽃이 가슴을 두근거립니다

처음 가슴을 두근거린 날 언제였는지 까마득한 데
달맞이꽃의 두근거림은 지금도 그대로입니다

언제나 금방 목욕을 끝낸 것처럼 해맑은 얼굴에
보일락 말락 서러움을 담은 하얀 미소

말없이 산마루에 걸터앉아 밤새
숲 속을 보듬는 아늑한 가슴
모두가 잠이 든 숲
숲이 만들어내는 보드라운 음악에
살포시 눈을 감고 행복해하는 하얀 얼굴

누군가 서러움으로
눈물을 흘리며 달님을 바라보면
그 사람 눈물방울 하나하나
금빛 달빛 조각으로 반짝이게 하며 눈물짓는
아프디 아픈 가슴

가막살 나무

달맞이꽃은 오늘 밤도
설레임 가득한 노란 가슴에 하얀 달빛을 담으며
달님을 닮아갑니다

달님이 너무 좋아
달님 외에는
아무에게도 예쁜 웃음 보이고 싶지 않아

밤에만
밤에만
달님을 향해 핍니다

달맞이꽃 2

모두가 자신을 들어내며 뽐내려 안달인데
모두가 자신을 바라보지 않음이 속상해 아침이면
거울 앞에서 한 시간을 보낸다는데

모두가 자기가 가진 작은 것 크게 보이려고
허풍을 떤다는데
세상사람 모두가 그럴 거라고
위선으로 꽉 찬 자신마저 속여 가며
사람들 앞에 돋보이고 싶어 어쩔 줄 모른다는데

달맞이꽃은
그 고운 얼굴
그 고운 향기
그 고운 빛깔
자기 모습 그대로

가막살 나무

오직 달님을 향해서만 핍니다
낮 동안
꽃을 피우지 않는다고
억센 농부의 팔이 예리한 낫을 휘두르고
꽃도 없는 풀이라고
아이들이 밟아대도

그래서
노란 가슴에 서럽고 아픈 눈물이
가득 고여도
입술 꼬옥 깨물고
꼬옥 닫힌 가슴
더욱 굳게 여미며
오늘 밤 찾아오실 달님 생각으로
설레며 두근거리는 예쁜 사랑입니다

벼꽃

붉은 꽃 이파리 한 장 없다
달콤한 향기도 없다
나비도
벌도
유혹하지 않는다

햇살 한 줌이면 된다
바람 한 줌이면 된다
눈물 한 줌이면 된다

이것들은 늘 곁에 있다
바람을 불러 초록빛 파도를 닮은 춤을 추며 큰다
초록 가슴 살짝 열어 햇살을 담으며 큰다

가막살 나무

이삭들이 바람에 춤을 춘다
금빛 물결이 일렁인다
풍요가 넘친다

나비도
벌도
왔다 간 흔적 없는데
어떻게 만들었을까 저 금빛 이삭들

붉은 꽃 이파리 한 장 없이 생김새 탐하지 않아도
달콤한 향기 하나 없이 드러내 뽐내지 않아도
참 아름다운 삶을 살아내는 꽃
벼

서리꽃

하얀
반짝임은
어젯밤 달님이 그 고운 손가락으로 살며시 주워 올려
여린 가지 끝에 조랑조랑 달아놓은 꽃이다

거기
해맑은 영혼들의 소리 없는 기도가 들어있고
해맑은 영혼들의 소리 없는 울음이 들어있다

세상이 아직 이렇게 아름다운 까닭은
보이지 않는 착한 영혼들이
이렇게 숨어 기도하기 때문이다
보이지 않는 착한 영혼들이
이렇게 숨어 반짝이기 때문이다

가막살 나무

아름다운 것들은 소리가 없다
아름다운 것들은 보임도 없다
그냥
말없이
반짝일 뿐이다

상사화 그 먼 그리움으로 1

이승에서의 사랑
끝내 이루지 못한 채
하얗게 샌 가을밤 끝자락에서
절규하며 통곡하는
풀벌레의 울음이
차라리 부러웠다

가슴까지 태운 마른 여름
생각마저 얼린 시린 겨울
고통의 그 숱한 날들

아픔이고
설움이고
그냥
꿀꺽 삼키며
소리 없이 울었다

가막살 나무

영겁의 세월을 기다린
나
얼마를 더 기다려야 할까
너

모두가
땅속 깊이 숨은 겨울
얼음을 뚫고 올라온
너와 나의
지독한
그 먼 그리움

상사화 그 먼 그리움으로 2

꽃의 반짝임은
잎의 눈물이다
그리움이 만든 눈물이고
기다림이 만든 눈물이다

잎의 눈물이 만들어낸 꽃의 반짝임은
먼 그리움이고
큰 기다림이다

가막살 나무

산

향香을 품다

초대장

나랑 함께
손잡고
오늘처럼 좋은 가을에
숲으로 가요

억새 아재비
수크령
갈꽃들이 하얀 가을 축제를 연대요

와
빨가니 가막살 열매들이며
앙증맞은 금빛 아그배들이며
떡갈나무 숲을 휘감던 청미래 덩굴들이
조롱조롱 열매로 예쁜 전시회를 한대요

가막살 나무

나랑 함께
손잡고
오늘처럼 좋은 가을에
산 아래 작은 연못으로 가요

별을 닮은 고마리꽃들 가득한 사이로
물매암이들이 동그라미를 그리며 춤을 춘대요

나랑 함께
손잡고
오늘처럼 좋은 가을에
냇둑을 걸어요

연한 보랏빛 쑥부쟁이 가득한 풀숲에서
베짱이 여치 귀뚜라미들이 가을맞이 연주회를 한대요

나랑 함께
손잡고
오늘처럼 좋은 가을에
산으로 가요

잿빛 바위의 다람쥐며 청설모들이
가을 운동회를 한대요

나랑 함께
손잡고
오늘처럼 좋은 가을밤
잿빛 바위 널찍한 산마루에 올라가요

가막살 나무

하얀 달님

초롱초롱 별님

뽀얀 밤안개

풀벌레 울음 가득한 잿빛 바위에 앉아

나

오직 그대만을 위해

오늘 밤

내 마음을 담은

청성곡을 연주할게요

나무꾼의 일기 1

나무꾼은 선녀와 함께 참 행복했단다
낮에는 푸른 하늘이 소롯이 담긴 숲 속 맑은 호수에서
둘이는 노래를 불렀단다
얼레지 보랏빛 꿈이며
현호색 더 짙은 푸른 기도며
양지꽃 노란 손짓이며
은방울꽃 하얀 웃음소리며
둥굴레 수줍은 고갯짓이며
흐드러진 때죽나무 하얀 꽃숲의 합창이며
듬성듬성 하얀 참으아리의 맑은 향기며
산나리 다홍빛의 설렘이
가득한 숲 속에서
나무꾼은 선녀와 함께 행복했단다
밤이면
하늘 가득한 별들이
높은 잣나무 꼭대기에 내려앉아 반짝였고

하얀 달님은 산마루 잿빛 바위에 걸터앉아
나무꾼과 선녀의 작은 초막을 비추었단다
달님을 향해 달맞이꽃이 노란 가슴을 열면
깊은 참나무 숲의 소쩍새는 서러운 노래를 불렀단다
나무꾼은
달빛 가득한 산마루에서 피리를 불었단다
달빛을 가득 담은 나무꾼의 피리 소리와
선녀의 비파소리는 계곡의 물소리를 따라
메아리를 이루며 숲 속에 가득했단다
숲 속의 여치들이
나무꾼과 선녀의 시립도록 맑은 노래를
밤새 따라 불렀단다
반딧불이가 커다란 동그라미를 그리며
나무꾼과 선녀의 머리 위를 날았단다
작은 초막에는
사슴이며 노루며

갈색 다람쥐들이 함께 살았단다
낮에는 해님의 웃음소리와
산새들의 노랫소리가 어우러지고
밤이면
달님의 소리 없는 하얀 웃음과
별님들의 반짝임과
반딧불이의 푸른빛 동그라미가
숲 속 가득 어우러졌단다
둘이는
참
행복했단다
사랑은 이렇게 예쁜 것이란다

가막살 나무

나무꾼의 일기 2

오늘도 나무꾼은 혼자

잿빛 바위에 덩그러니 앉아 있었단다

달님이 애써 하얀 가슴으로 나무꾼을 보듬었지만

별님들이 초롱초롱 속삭임으로

나무꾼의 얼굴을 반짝이게 했지만

달맞이꽃은 오늘도

산자락 한가득 피고

반딧불이는 더 높이 날았지만

나무꾼의 피리 소리는 더욱 서럽기만 했단다

사슴도

노루도

산토끼들도

다람쥐들도

고슴도치들도

차마

나무꾼의 슬픈 눈빛을 바라보지 못했단다

소쩍새의 슬픈 울음만

나무꾼의 서럽디 서러운 피리 소리와 함께

숲 속에 가득했단다

선녀가 떠난 작은 초막에는

언젠가

행여

돌아올 선녀를 기다리는 나무꾼의

서러운 노래로만 가득했단다

헤어짐은 그렇게 아픈 것이란다

가막살 나무

나무꾼의 일기 3

오늘도
나무꾼은 혼자 선녀를 생각하며
선녀 없는 빈 숲길을 혼자 걸었단다
금방이라도
저 초록빛 숲속 어딘가에서
선녀가 달려 나올 것 같아
금방이라도
계곡 어딘가에서
선녀가 그를 큰 소리로 부를 것 같아
오늘도
나무꾼은 혼자 선녀를 생각하며
선녀 없는 빈 숲길을 혼자 걸었단다
혼자는
그렇게
서러운 것이란다

반딧불이

반딧불이는 숲에서 삽니다
반딧불이 애벌레는 해맑은 계곡의 맑은 물에 삽니다
밤하늘 달을 보며 별을 보며 삽니다
계곡을 따라 가득한 달맞이꽃을 보며 삽니다

달 없이 어두운 밤
반딧불이가 풀숲에서
영롱한 불빛으로 커다란 동그라미를 그리면
거기 달맞이꽃이 그리움의 편지를 씁니다

반딧불이의 영롱한 반짝임은
햇살과 달빛과 별빛의 반짝임입니다
조용한 숲속 계곡
맑은 물속에서 반딧불이는
햇살을 줍고, 달빛을 줍고, 별빛을 주우며 삽니다
해님이 되고 싶어서가 아니고

가막살 나무

달님이 되고 싶어서가 아니고
별님이 되고 싶어서가 아닙니다

조용하게 맑은 계곡의 물속으로 쏟아져 내려오는 햇살
이며 달빛이며 별빛들이 너무 예뻐 그 작은 조각 하나
하나를 주우며 행복할 뿐입니다
알에서 깨어난 작은 애벌레는 조용하게 맑은 숲 속 계
곡에서 햇살을 주우며 달빛을 주우며, 별빛을 주우며,
낮에는 파란 하늘로 희망을 채우기도 하고, 금빛 햇
살 조각으로 환희를 채우기도 하고, 밤에는 하얀 달
빛 조각으로 꿈을 채우기도 하고, 별빛으로 그리움을
채웁니다
계곡의 해맑은 물로 생각들을 씻어낸 마음은 달맞이꽃
의 향긋한 내음으로 채웁니다
싱그러운 물소리와 산새소리, 바람소리, 풀숲에 떨어지
는 빗방울 소리로 가슴 가득 채웁니다

계곡물에 떨어져 내려 맑은 물로 더욱 예뻐진 낙엽을
주우며 단풍 빛 고운 빛깔로 가슴을 채웁니다
하얀 눈 펑펑 내리는 밤엔 하얀 눈송이마다에 그리운
얼굴들을 그리며 마음을 하얀 빛깔로 채웁니다
봄볕 한 줌에 계곡을 따라 연분홍 서러움을 담아내는
진달래꽃을 바라보며 시린 그리움을 담고, 은방울꽃
하얀 웃음소리도 담고, 둥굴레의 수줍음도 담고, 보
랏빛 제비꽃의 반듯함도 담고, 들장미의 알싸한 향기
도 담습니다
한여름 밤 하얗게 흐드러진 때죽나무의 합창을 담고,
까치수영의 살풀이춤도 담고, 푸른 숲속의 참으아리의
노래며 진홍빛 산나리의 고움도 담습니다
가을 산속의 까만 머루 열매며, 빨간 가막살 나무 열
매의 꿈을 담습니다
가을 숲속 가득한 가슴 시린 풀벌레 소리를 담습니다
겨울 숲속 모두를 비워내고 가벼운 몸으로 깊은 잠에

가막살 나무

빠져든 겨울나무들의 가벼운 영혼을 가슴 가득 담습니다

그렇게 시간들이 지납니다

어느 여름날 밤
반딧불이는 깜짝 놀랍니다
자신의 가슴에서 반짝이는 영롱한 빛이 보이기 때문입니다
기쁨이 행복이 환희가 반딧불이의 영혼에 가득합니다
모르는 사이 반딧불이는 숲의 영롱한 빛이 되었습니다

감이 이야기 (정채봉 동화 오세암)

눈이 안 보여
하늘도 땅도 들꽃들도
영롱한 무지개도
볼 수 없다면
얼마나 슬플까

아니
안 그럴지도 몰라
어쩌면
마음으로
더 예쁜 하늘을 보고
더 예쁜 땅도 보고
더 예쁜 들꽃들도 볼 수 있을지 몰라
감이처럼

가막살 나무

그래서일 거야
눈이 안 보여도
감이가 항상 그렇게 웃을 수 있는 것은
분명 그래서일 거야

눈으로 볼 수 없는 세상까지 다 보니까
감이는
아주 넓은 세상을 보고 있을 거야
그래서
마음도 그렇게 넓은 거야
그래
감이처럼
눈을 감자
그렇게 세상을 보자

길손이 이야기 (정채봉 동화 오세암)

바람 속에 서서
바람이 되어
바람과 이야기하자

들꽃 숲에 서서
들꽃이 되어
들꽃과 이야기하자

빗줄기 속에 서서
비가 되어
빗방울과 이야기하자

별님을 바라보며
별이 되어
밤새 별들과 이야기하자

가막살 나무

달님을 보며
달님이 되어
하얀 얼굴로 함께 웃어보자

그냥
그렇게 하나가 되어
예쁜 세상을 만들자

길손이처럼
바람 아기가 되고
들꽃 아기가 되고
별님 아기가 되고
달님 아기가 되어
우리
그렇게 살자

사랑은 아픔이다

이른 봄 마른 숲 속
긴 가지 끝에서 파르르 떨며 피는
슬픈 진달래꽃을 사랑함은 아픔이다

바람 가득한 도심의 거리에서
흩날리는 하얀 벚꽃잎들과의
짧은 날의 추억을 사랑함은 아픔이다

샛노란 웃음을 기억하며
애써 미소 짓고 떠나려는
민들레 하얀 솜털 씨앗을 사랑함은 아픔이다

언제나 가슴 시린 외로움으로
먼 하늘 길 혼자 걷는 하얀 달님을
밤새 사랑함은 아픔이다

가막살 나무

까만 밤

초롱초롱 슬픈 이야기들로

하늘 가득한 별님을 목이 아프게 사랑함은 아픔이다

맑은 영혼들의 애틋한 소원을 싣고

산마루를 숨이 가쁘게 넘는 바람을 사랑함은 아픔이다

깊은 밤

가슴 아림으로 밤을 새우는

소쩍새의 절규를 사랑함은 아픔이다

창밖을 내다보며

가로등 불빛에 그어지는

하얀 빗줄기를 사랑함은 아픔이다

초록빛 풀숲에서

애잔한 그리움으로 밤을 새우는

풀벌레들의 울음소리를 사랑함은 아픔이다

무언가를 사랑함은 아픔이다

참 모를 일이다

그렇게 많이 아파하면서도

그래도 또 다시 아파하려 하는 까닭은 무엇일까

가막살 나무

하얀 아침

하얀 아침
산으로 간다
안개가 가득한 숲
안개방울들이 다칠세라 바람도 조용하다
작은 산바람을 따라
하얀 안개방울들이 떡갈나무 잎 사이를 지난다

하얀 안개 속에
휘파람새가 운다
새끼를 위해 아침먹이를 찾아 나선 엄마를 찾는 걸까

하얀 안개 속에
앙증맞은 고사리 새순이 낙엽을 헤치고 쏘옥 올라왔다
여기도 저기도
살포시 쥔 예쁜 아기 주먹손처럼 귀엽다

하얀 안개 속에
하얀 은방울꽃이 예쁘게 피었다
여기도 저기도
많이도 피었다
하얀 방울 소리가 하얀 안개 속에서 들린다
정말?

하얀 안개 속에
하얀 아카시아 꽃이 온 산에 가득하다
하얀 아카시아 꽃 숲을 지나온
하얀 안개에는 새하얀 아카시아 꽃향기가 가득하다

온통
하얀 세상
하얀 아침이다

가막살 나무

바다

굽이굽이 옥빛 물 언덕에 그리움이 가득하다
그리움이 만든 눈물이 햇살에 반짝인다
시립도록 맑은 그리움이다
그리움이 만든 노래가 파도 소리에 가득하다
아프디 아픈 그리움의 노래다
백사장 모래밭에 하얗게 부서진다
그리움이 만든 환희다
비록
너무
짧은 만남이지만
그리고
다시
언제일지 모르는 만남을 서러워하며
끝없이 먼 바다를 돌아와야 하지만
기다림은 행복이다
바다는 끝없이 먼 그리움이다

섬-무인도

사람이 살지 않는 섬
물 젖은 잿빛 벼랑 끝에 꽃이 핀다
바닷바람에 깎여 드러난 잿빛 가슴엔
설움이 가득하다

가슴에 엉겨 붙은 담쟁이덩굴로
질긴 인연의 끈을 묶은 채
잿빛 가슴에서 설움을 꺼내
벼랑 끝에 꽃을 피운다

달빛처럼 해맑았던 그 날의 웃음은
샛노란 원추리꽃으로 피워내고
그리도 슬픈 빗방울은
산나리꽃의 진한 갈색 멍울로 점점이 담아내고
아련한 아픈 날의 흔적들은
보랏빛 도라지꽃으로 피워낸다

가막살 나무

바닷바람 부는 벼랑에서
먼 바다를 보며
바다 한가운데 외로운 섬의 꽃들은
그렇게 핀다

상처가 남긴 진한 흔적들이 무서워
그 많았던 날들
바람에 날려보지만
행여
잊힐까 두려워 보듬고 바다 한가운데 떠 있는 섬
매미 소리는 섬의 울음이다

갈매기의 꿈

여객선이 물살을 가른다
셀 수도 없는 갈매기 떼가
여객선이 갈라놓은
물줄기를 따라 난다

갑판 위의 사람들이
새우깡을 던진다
어지러운 소용돌이 물살 속
보이지도 않는 작은 새우깡 하나로
갈매기들이 달려든다

어떻게 찾아냈을까
운 좋게 새우깡 조각을 입에 문
한 마리가 하늘 높이 솟구친다

138   가막살 나무

어쩌다 새우깡 하나에 목숨을 걸고
떼를 지어
여객선을 쫓아오는 걸까

어쩌다 새우깡 하나를 구걸하며
파도 속에 숨은 은빛 물고기를 찾아
날카로운 부리로 바다를 내리찍던
그 용감한 모습을 버렸을까

은빛 날개로
파란 바다 위를 나르던
아름답기조차 했던 자존심마저 버렸을까

어쩌다 그 아름다운 바다를 버렸을까
사라진 갈매기의 꿈이
안타깝다

바다의 노래

먼 바다에
물고기 한 마리가 살고 있어요

초록빛 반짝이는 비늘에
하얀 달빛처럼 맑은 눈매며
반짝거리는 눈동자

서러움이며 아픔이며
가슴 가득한 그리움조차도
산호초 고운 숲에 예쁘게 그려내며
행복해하는 물고기가 살고 있어요

가막살 나무

햇살이 반짝이는 한낮이면
넘실거리는 파도를 힘차게 뛰어넘고
달빛 밝은 깊은 밤이면
바닷가 검은 바위에 지느러미를 걸치고
달빛을 보며
그 달빛 너무 예뻐 눈물을 흘리기도 하죠

넓디넓은 바다의 가슴에
몸을 맡기고
밤새
그리움으로 눈물을 만들어
한바다 가득 반짝이는 별을 만들죠

무인도

까만 바위 섬

벼랑 한가운데

다홍빛 나리꽃 한 송이가 바닷바람에 하늘거리면

먼 그리움으로

노래를 부르기도 해요

가슴 속 깊은 그리움이 서러움을 만들고

서러움이 아픔을 만들고

아픔이 다시 눈물을 만들어도

조용히 웃으며 노래를 불러요

가막살 나무

까만 바위섬 꼭대기
가마우지가 멀리 육지를 바라보고 앉아 있는 날이면
까닭 없는 서러움으로 파도 꼭대기에 앉아
저 멀리 수평선 너머 아득한 육지를 바라보며
슬픈 노래를 불러요

그가 부른 노래
바람이 되어 파도를 만들죠
슬픈 노래를 담은 파도는
까닭 모를 서러움으로 통곡하며
산처럼 커다란 슬픔을 담고
뭍으로 향해요

그리고
우르르
콰르르
바닷가 잿빛 물 젖은 바위에 쾅 쾅 부딪쳐요
슬픔이 부서져 내리죠
슬픔 속에 가득한 그리움이 부서져 내리죠
방울방울 눈물 조각이 되어
하얗게 부서져 내리죠

하지만
그 슬픔의 노래가 아름다운 까닭은
이제
그의 슬픔이
그의 아픔이
그의 눈물이
그의 가슴속에서 곱게
예쁜 그림으로 그려진 까닭이에요

가막살 나무

바람이고 싶어

나
그냥
바람이고 싶어
그리움
서러움
다 비운 바람이고 싶어

하얀 겨울
눈 덮인 하얀 산마루
쓰다듬으며
거기
그리움 서러움 다 쏟아 묻어
눈송이 날라 꼭꼭 덮어두고
휘이~
산 너머로 날아가는 바람이고 싶어

샛노란 봄
민들레 웃음소리 담아
들판에 가득 채우고
은방울 하얀 웃음소리 담아 산허리 가득 채우고
속살이 들여다보이는 진달래 여린 보랏빛 슬픔 담아
파란 하늘에 채운 후
훠이~
산 너머로 날아가는 바람이고 싶어

햇살 따가운 여름
때죽나무 흐드러진 꽃송이 속을 날며
하얀 노랫소리 가득 담아 냇물에 채우고
하얀 수영꽃의 시린 눈물 담아
소쩍새 숨어 사는 계곡 까만 바위에 살짝 얹어놓은 후
훠이~
산 너머로 날아가는 바람이고 싶어

　　　　　　　　　　　가막살 나무

파란 가을

노란 은행잎이 가득한 숲을 날며

거기

아픈 마음 담아 흔들어 노란 나뭇잎 비를 만들고

빨간 붉나무 단풍잎에

가슴속 아프게 멍울진 서러움 걸어놓고

하얀 억새풀꽃 숲의 하얀 눈물을 노래한 후

휘이~

산 너머로 날아가는 바람이고 싶어

나

그냥

바람이고 싶어

모두를 하얗게 다 비워낸 그런 바람이고 싶어

가을 숲

미루나무 그루터기 햇살 좋은 곳
공기놀이하는 아이들의 샛노란 웃음소리
까르르

귀농한 아빠 따라
서울에서 전학 온 예쁜 여자애
미끄럼틀 뒤에 숨어 보며
콩닥콩닥
가슴 두근거림으로 설레는
빠알간 수줍음

너덜해진 축구공 쫓아
우르르 몰려다니며 소리 지르는
꼬맹이들의 주황빛 환호성

가막살 나무

산골 마을
작은 학교
좁은 운동장 가득한
금빛 알갱이들

산새들 너무 예뻐
날라다 숲에 뿌렸다
노랑
빨강
주황
가을 숲 가득한
오색 빛깔 반짝임

어머니

베란다 창문을 조금 열고
빗소리를 듣는다

창밖의 나뭇잎이며 잔디
물 젖은 아스팔트까지
토독 토독
빗소리가 좋다

어릴 적 어느 날
괜스레 엄마가 미워
그냥 눈 꼬옥 감고 있다가
나도 모르게 그만
꼬박 잠이 들곤 했다

가막살 나무

잠결에 문득
볼에 느껴지는 엄마의 손길
다 안다는 듯
엄마는 짐짓 혼잣말을 하셨다

"착한 아들
꿈을 꾸며 웃고 있네
그래 엄마가 미안해"

난 잠을 깼었지만
짐짓 자는 척
더 쌔근거렸고
엄마는 알면서도
짐짓 내 얼굴을 만지셨다

오늘
문득
그 어머니가 더 보고 싶다

가막살 나무

산

사랑을 품다

비익조比翼鳥 연리지連理枝

둘로
나뉘어
따로는 살 수 없는 둘

지구별에서의 그 깊은 인연
차마
멈출
수
없어

죽음이 보이는
이승의 끝자락에서
서로의 날갯죽지 찢겨지는 고통을 참아내며
서로를 붙여 만든 한 몸으로
비익조比翼鳥되어

저승의

다른 별까지

함께 날아

역시

한 몸

연리목連理木으로

또

한평생을 보듬어 살고 싶은

그 사람

비익조比翼鳥 1

깃털이 쪽동백 하얀 꽃송이처럼
하얀 새 두 마리가 숲 속에 살고 있대요

낮에도
밤에도
두 마리 새 항상 한 몸으로 숲 속을 날아다닌대요

한 마리 나뭇가지에 앉으면
또 한 마리 바싹 몸을 붙여 앉고
한 마리 파란 하늘을 날면
또 한 마리 바싹 몸을 붙여 날고
그렇게 새 두 마리
몸을 낮이나 밤이나 항상 꼬옥 붙이고 살고 있대요
마치 한 몸처럼
아니 이미 한 몸인지도 모르죠

가막살 나무

언제부터인가
바싹 붙은 몸 쪽의 날개들은 퇴화되어 사라지고
바싹 붙은 몸 반대쪽의 날개 하나씩만 펴서 날아다닌대요

이제는
서로가 한 몸이 되지 않으면
파란 하늘을 날 수도 없고
초록빛 나뭇가지 사이를 날 수도 없고

서로는
이미 한 몸이 되어
살고 있대요

이제 한 몸으로

심장의 더운 피도 함께 나누고

서로의 심장이 고동치는 소리도 함께 느끼고

서로의 숨소리에 가슴을 설레며

웃음도

눈물도

그렇게 함께하며 살고 있대요

둘의 사랑이 얼마나 컸으면

둘의 사랑이 얼마나 깊었으면

평생을 이렇게 한 몸으로

살고 있을까요

가막살 나무

비익조比翼鳥 2

이승에 태어나며
어쩌면 저렇게 둘이 한 몸으로 되었을까요
영겁의 세월을 지나면서도
서로를 잊지 못한 채
언제나 하나이고 싶은 소원을 이룬걸까요
함께 날며 행복합니다

서로의 날개 크기 달라
파란 하늘 마음껏 훨훨 날 수 없지만
초록빛 초원 천천히 함께 날 수 있음만으로 행복하고
초원 가득한 작은 들꽃을
함께 바라볼 수 있음만으로 행복하고
들꽃 가득한 향기 함께 적심만으로 행복하고

서로의 날개 크기 달라

까만 밤하늘 마음껏 훨훨 날 수 없지만

노란 달맞이꽃잎 위에

함께 앉아 하얀 달님 바라볼 수 있음만으로 행복하고

숲 속 가득 떨어지는 하얀 달빛 조각

함께 주울 수 있음만으로 행복하고

초롱초롱 별님들 이야기 들으며

함께 눈물 흘릴 수 있음만으로 행복하고

커다란 포물선을 그리는 반딧불이 춤사위

함께 볼 수 있음만으로 행복하고

바람소리, 물소리, 소쩍새 울음소리

함께 들을 수 있음만으로 행복하고

가막살 나무

파란 하늘 마음껏 날 수 없고
별빛 가득한 까만 밤하늘 마음껏 날 수 없고
초록빛 초원 멀리 꿀 가득한 들꽃들
모두 모두 찾아갈 수 없어
가난하고
이름 없고
힘도 없고
볼품없지만

그냥 둘이 한 몸 되어
이렇게 함께할 수 있음만으로 행복해합니다
그냥 둘이 한 몸 되어
이렇게 하나 되어 살 수 있음으로 감사해합니다

하나가 된 둘

둘이 하나가 됨으로

다른 새들보다 훨씬 빨리 삶을 마쳐야 한다는 말

듣고 또 들었지만

둘이서 떨어져

하나하나로 1000년을 살면 무슨 소용이냐며

이렇게 한 몸으로 겨우 1년을 살 수 있어도

그게 오히려 행복이라며 택한 삶

생명을 값으로 치루며 얻은 둘의 사랑이

가슴 저미도록 아름답습니다

가막살 나무

부부 1

오늘처럼
비가 내리는 날
창밖을 보며

꼭
그
한 사람 생각으로

지금
이렇게
조용히
미소 지을 수 있는

서로의
그
예쁜 사람

부부 2

당신과
함께하는 곳 어디든
산과 들 어우러져 초원이 되고
냇물은 여울을 달래 호수를 만들지요

당신의
소리 없는 웃음
풀꽃 바람 되어 향기롭고

당신의
잔잔한 속삭임
여울 소리 산새 소리 되어 싱그럽고

가막살 나무

당신의

소리 없는 눈빛

금빛 햇살 은빛 달빛 되어 영롱하게 반짝이는

내게

가장 아름다운 곳

당신과 함께하는

지금

바로

여기지요

부부 3

못도 생긴 내 엉덩이
가파른 산길
오르느라
더
볼품없어져도
뒤에서 살짝 밀어주며
엉덩이 참 잘 생겼어 하는
그 사람

가막살 나무

못도 생긴 내 얼굴
더위에 지쳐
한참을
더
못나 보여도
빠끔히 들여다보며
눈도
귀도
참 잘생겼어
하얀 피부까지

그냥

그런

뻔한 거짓말들로

날

마냥

행복하게 하는

그 사람

가막살 나무

부부 4

낮 동안
많이 힘들어 지친 날 밤
내 무거워진 머리 무릎에 누이고

걱정 가득한 눈으로 날 바라보며
말없이 그냥
내 볼만 만지고 또 만지는 사람

미안해져
"나 이제 좋아졌어" 웃으며 머리 들라치면
내 머리 다시 꾸욱 누르며
조용히 웃는 사람

부부 5

누군가
내게 준
작은 속상함에
나보다
더
크게
속상해하고

누군가
내게 준
작은 아픔에
나보다
더
크게
아파하고

　　　　　　　　가막살 나무

누군가

내게 준

작은 슬픔에

나보다

더

크게

슬퍼하며

날 짓누르는

그

속상하고 아픈 슬픔들

모두

자기에게 얹으라며

늘
내게 등을 내밀고
무릎과 어깨와 가슴까지
다
내어주며
그
많은 날들
함께 우는 사람

가막살 나무

부부 6

지친 머리
힘든 어깨
서러운 마음

나
삶의 무게에 짓눌려
몸도 마음도
너무 아파
눈물 많이 나는 날

말없이
손수건 꺼내
내 눈물 자국 닦아주며
그 넓은 어깨 내밀어
내 무거운 머리 얹어 잠들게 하는 사람

부부 7

나
들꽃
마냥
들여다보며
폭 빠져 좋아라하는 동안

들꽃보다
그
들꽃 보며
행복해하는
내 모습이
더
좋다고

가막살 나무

꽃도 아닌

날

조용히

바라보며

그냥

행복해 하는 사람

부부 8

까닭 없이 짜증이 난 날
계속 혼자 툴툴거리는 나를 바라보며
말없이
빙그레
그러게
그러네
맞어 맞어

나를 향한
그 웃음
그 맞장구에
그만
멋쩍고 부끄러워

가막살 나무

문득
얼굴 빨개져 있는 내게
또
한 번
씽긋 웃어주는 사람

부부 9

나
행여
뭐라도
좀 들다
팔이라도 아플까
허리라도 상할까

걱정
또
걱정

가막살 나무

잠깐 한눈파는 새

나

몰래

무거운 짐 살짝 집어 들고

저만치 달아나며 돌아보고

〈씨익~〉 웃는 사람

부부 10

밤은 별을 만들고
산은 꽃을 피웁니다

남편은 산이 되어 아내를 꽃으로 피우고
아내는 밤이 되어 남편을 별이 되어 반짝이게 합니다

맑은 호수 위로 쏟아지는 햇살은 윤슬을 만들고
장대비로 쏟아져 내리는 여름 소나기는 해밀을 만듭니다

남편은 햇살이 되어 아내를 윤슬처럼 반짝이게 하고
아내는 소나기 되어 남편을 해밀처럼 푸르게 합니다

가막살 나무

부부

서로가 있어 별이 되고 꽃이 됩니다
서로가 있어 해밀이 되고 윤슬이 됩니다

초판 1쇄 인쇄 2017년 01월 17일
초판 1쇄 발행 2017년 01월 23일

지은이 류중권
펴낸이 김양수
책임 편집 이정은   **표지 본문 디자인** 송다희

펴낸곳 도서출판 맑은샘 **출판등록** 제2012-000035
주소 (우 10387) 경기도 고양시 일산서구 중앙로 1456(주엽동) 서현프라자 604호
대표전화 031.906.5006 **팩스** 031.906.5079
이메일 okbook1234@naver.com **홈페이지** www.booksam.co.kr

ⓒ 류중권, 2017

ISBN 979-11-5778-186-7 (03810)